SECRETO DE FAMILIA

—CUENTOS—

Laura Sabani

artepoética
press

Nueva York, 2023

Title: Secreto de familia —Cuentos—

ISBN-13: 978-1-952336-16-4

Design: © Artepoética Press
Cover Images: Deposit Photos @Anna_Om ID 17701115
Editor in chief: Carlos Aguasaco
E-mail: carlos@artepoetica.com
Mail: 38-38 215 Place, Bayside, NY 11361, USA.

© *Secreto de familia —Cuentos—, Laura Sabani*
© Secreto de familia —Cuentos—, for this edition Artepoética Press

Contenido

Al río

Every man's life ends the same way. It is only the details of how he lived and how he died that distinguish one man from another." – Ernest Hemingway

El teniente Duval dio la voz de alto. Era un hombre fornido, de unos cuarenta años de edad, la mitad de los cuales había vivido empeñándose en escalar posiciones de mando en las fuerzas armadas a costa de los subversivos que había logrado borrar del mapa. Su cuerpo erecto con el brazo extendido empuñando la Glock parecía formar una sola pieza metálica, resplandeciente bajo la luna llena de agosto. Un soplo helado movió su pelo rubio y ralo cuando cruzó mirada con el enemigo al tiempo que soltó el arma como si le quemase entre los dedos.

Javier alzó los brazos y la siguió con la mirada hasta que cayó entre sus pies con un sonido sordo y desentonado. En un instante que le pareció eterno, vio la oportunidad y volteó para buscar el cerco semi escondido en la oscuridad. Corrió hacia él, sorprendiéndose de la ligereza con la que su cuerpo saltó la verja dejándola atrás, cada vez más lejana en la oscuridad, mientras corría a campo traviesa, tropezándose y cayendo de bruces, pero levantándose para proseguir la huida. En todo el trayecto no le importó el cansancio que se apoderaba de sus músculos, el entumecimiento paulatino de las piernas que se aflojaban a medida que avanzaba. Su silueta era casi una lánguida mancha oscura bajo los destellos de la luna. Aminoró el paso al alcanzar el río porque ya hacía rato que no escuchaba los gritos y disparos de sus perseguidores. Su corazón había dejado de saltar dentro del pecho, así que decidió hacer un alto en el camino. Recostándose a un árbol, pensó que todos los años de entrenamiento en la academia militar le habían servido de mucho en estos momentos en los que su vida estaba en vilo. La luna, como antaño en casa del abuelo, lucía esplendorosa y el color intenso de ese cielo sin nubes le daba un aspecto casi espectral. Sonrió al pensar que en pocas horas llegaría a su casa donde le esperarían los brazos afectuosos de su madre.

Tendría la mesa puesta...el mantel bordado, recuerdo lejano de tiempos más felices. Ya no sentiría el miedo a la oscuridad, herencia del abandono de su padre...No, allí estaba la luna grande y luminosa, mostrándole el camino. Irguiéndose, dio un suspiro profundo y decidió proseguir la marcha. Sentía sed, una sed extraña, quemante, pero no se dejó abatir y sacó fuerzas para seguir el viaje nocturno. ¿Cuánto tiempo habría pasado? No sabía... no podría saberlo porque la luna seguía allí anclada en el mismo lugar, muda y estática sobre su cabeza. Era todavía de noche cuando divisó las tenues luces del pueblo. Agazapado, logró abrirse camino entre el boscaje espeso, y a gachas, zigzagueando de sombra en sombra, alcanzó la casa. Cuando golpeó, la gran puerta de roble se abrió de par en par y como había previsto, su madre le esperaba, delantal puesto, con los brazos abiertos...¡qué alivio sintió al percibir la calidez de aquel abrazo! Algunas lágrimas rodaron por sus mejillas al comprobar que era al fin libre y que ya más nada tendría que temer. Entonces cerró los ojos para poder sentir todo aquello con más intensidad.

Duval se sacó lentamente los guantes y se inclinó despacio para recoger su arma. Notó con disgusto que unas gotas rojizas habían salpicado sus flamantes botas. Uno de los soldados que lo acompañaban preguntó: -Y ahora, ¿qué hacemos con éste? Duval lo miró con indolencia y alzando levemente los hombros, respondió: "Al río."

Daphne Guillermo

Nadie podría contradecirme. Al fin y al cabo, los pocos que aún quedan han perdido la memoria, me han borrado de sus vidas y ahora soy libre de inventar mi futuro. Me llamo Daphne, sí, como escucha: Daph-ne, y no lo digo con ironía, aunque usted piense lo contrario y me mire con sorna los guindones y la barba de días. Cuando nací los médicos no sabían cómo catalogarme. Se rascaban el coco y discutían entre sí que cosa hacer ante semejante portento. Así que para lavarse las manos le preguntaron a mi madre si prefería el rosa o el azul, como si a ella le importase en algo mi futuro , como si ella estuviese en la capacidad de decidir cuáles serían mis urgencias al llegar a la etapa madura en la que los senderos se bifurcan y hay que elegir quién ser para encajar en el entorno. De buena gana me hubiera dejado en aquella pocilga, al cuidado o mejor dicho al descuido de aquellas enfermeras que no tenían nada de enfermeras ni de monjas aunque se hacían llamar irónicamente "hermanas de la caridad." De no haber sido por el incendio que se desató tiempo después de haber nacido, seguramente hubiese crecido allí y me hubiese convertido con el tiempo en monja, sí, hubiese llegado a ser alguien en esta sociedad, aunque me hubiese costado sangre y lágrimas, eso lo doy por seguro. Los amantes de mi madre eran más amables que las monjas, por cierto, pero eso lo descubrí tiempo después, estando de pupila en el mismo centro de caridad, pero ubicado en la periferia, cerca del puerto donde trabajaba mi madre. Creo que por aquel tiempo me repartía donde cayera la noche, y sin avisar siquiera, y a mí me daba igual ser tratado como "ella" o ser el pibito de la Queca, total, era la carga que llevaba a cuestas y tanto daba dejar el bulto acá o guardarlo de tanto en tanto con las hermanitas. No me pusieron un nombre hasta que cumplí los cinco años. Había que hacerlo, dijo mamá, porque de alguna manera había que identificarme, darme un lugar en el mundo. Yo ni tomaba en cuenta sus explicaciones, porque cuando se refería a mí enfrente de alguien, siempre me tildaba de "eso." No sé, o tal vez no me acuerdo, usted comprenderá que a mi edad…en fin, los recuerdos se me revuelven en la memoria y me cuesta bastante distinguir la realidad de la ficción, el recuerdo vivido y el soñado. Un buen día mi madre me dijo que había aparecido mi padre y que era mejor llevarme a vivir con él, pero que me tenía que vestir con pantalones y peinarme todos los días porque era él un hombre muy recio y no le gustaban las mariconadas. Yo asentí. Creo que tenía como nueve años, pero ya había empezado a comprender que no todo en la vida puede explicarse en términos binarios. Con las monjas había aprendido que el vicio tiene muchas caras y que la verdad no es más que otra máscara. Así fue que de un sopetón me vi sentado en una mesa larga, rodeado de chiquilines rubios y bien peinados que comían con cuchillo y tenedor. Todavía me duele del sopapo que me dio "mi padre" por untar el pan en un huevo frito y digo que me duele porque no me lo esperaba. Ese día aprendí lo que quiere decir "modales." La mujer que se acostaba con mi padre era vieja y muy fea, gruñona como la que más, pero en cierto modo me entendía, o al menos, eso creí. No me hacía preguntas y a veces hasta me defendía de las cóleras inesperadas de mi padre. Una vez hasta me regaló un vestido, pero me pidió que no lo usara en público porque la mataba si mi padre se enteraba. Yo, que había aprendido en ese tiempo a asearme, no veía la hora de estrenarlo, pero eso nunca llegó a pasar. Uno de los chiquilines rubios me descubrió probándomelo frente a un espejo y le fue con el cuento a mi padre, que esa misma noche me despachó descalzo, sin dejarme cenar siquiera y en vísperas de un temporal. Nunca más lo volví a ver. Años después me enteré que se había ahorcado cuando se descubrió que la mujer con la que vivía no era tan mujer sino un hombre disfrazado. De los niños rubios, nunca supe nada. Asumo que ya se han muerto o estarán por morir, ya que me llevaban unos cuantos años. Por mucho tiempo mi refugio fue el campo. Dormí bajo las estrellas, a resguardo de una piedra forrada de musgo. Usted pensará que estoy loca, pero esa fue la mejor época de mi vida. La mejor, porque lo que vino después ya no se puede llamar vida.

Ahora que me voy a morir, quiero tener un entierro digno, sí, digno de mí, quiero que me entierren en esta caja que compré ahorrando peso por peso durante años y que me pongan esta lápida que diga mis dos nombres: Daphne Guillermo, porque aunque a usted le parezca absurdo, yo soy Daphne y soy Guillermo a la vez. También quiero comprar ese florero porque yo sé que alguna vez alguien vendrá a traerme una flor.

Descenso

A Eduardo no le convencía del todo el paspartú dorado del último cuadro que le había obsequiado Elisa. No coincidía para nada con el tema, un ave herida en pleno descenso, mezcla de acrílico y collage. Al mirarlo de cerca, le parecía ostentoso y al contemplarlo de lejos, francamente kitsch. Pensativo, sorbió un poco de champagne y se acomodó en un sillón mullido de terciopelo que había conocido mejores épocas. A Eduardo siempre le habían atraído los sutiles encantos de la elegancia parisina, que como chico rico y mimado por sus padres, había podido gozar hasta prácticamente los treinta. Pero ahora mismo, casi un cuarentón, instalado en Nueva York, sin fortuna y siendo aún desconocido entre los círculos artísticos de la gran ciudad, no le había quedado de otra que alquilarse un cuartito minúsculo y destartalado en un cuarto piso sin ascensor ubicado en la calle Mott, a unas cuadras del Soho. Como pintor y a ratos escultor, no podía decirse que le faltara talento, pero sí la tenacidad y la disciplina de los grandes artistas, esa entrega total a la vocación concebida como la única forma posible de existencia. Tal vez por eso le resultaba incómodo el hecho de que Elisa pasase tanto tiempo en su taller y tales desavenencias habían provocado no pocas discusiones y hasta distanciamientos ocasionales entre ellos.

-No puedo quedarme esta noche contigo. Estoy a punto de concebir la obra y no puedo permitirme ninguna distracción. Es mejor que no nos veamos por un tiempo. Te llamo más tarde, ¿sí? Muaaak, y echando un beso al aire salió de prisa, dejando a Eduardo con la palabra en la boca.

Afuera llovía con fuerza. A Elisa le encantaban esos días de lluvia torrencial, no tanto porque le traían recuerdos de su infancia en la que se veía corriendo descalza bajo la lluvia entre los cañizales en su Cuba natal, sino porque su arte, ese arte al que se había entregado en cuerpo y en alma, contenía en sí mismo toda la fuerza, la violencia y el peligro de un temporal. Hacía tiempo que le obsesionaba la idea de recrear en su estudio de Chelsea la imagen simbólica de la violación y asesinato de una joven estudiante de enfermería llamada Margaret Olson. Elisa sentía en su fuero interno una suerte empatía emocional con Margaret, aunque nunca la había conocido. La brutalidad con la que habían maltratado su cuerpo no le era del todo desconocida, pero solo el hecho de imaginarlo la sumía en un estado de consternación que procuraba purgar a través de su arte. Se sacó los zapatos y acarició al gato. Abrió el refrigerador y al cerrarlo, empujó sin querer un frasco de tomates que fue a estrellarse contra el piso, haciéndose añicos y manchando de rojo las baldosas de mármol blanco. Margaret sucumbe aporreada, vejada entre las nubes. Me arde la garganta y tiemblo. ¿De frío? ¿De miedo? Aquel verdor lejano me llama. ¿Dónde te has escondido, Elisa? Elisaaaaa, ven acá , no te escondas, chiquilla...

En la penumbra del taller, convertido en hogar y en refugio a la vez, Elisa se abocó a la tarea de romper más frascos de vidrio hasta llegar incluso a derramar junto a la puerta de entrada sangre de cerdo para luego espiar detrás de la cortina la reacción de los transeúntes ante tal espectáculo. Esta vez sí que te encontraste, Elisa. ¿Con qué? ¿Con la escena del crimen? No, con tu voz , con tu arte. La reconquista de mi yo. Sí, lo performativo es lo tuyo, no golpees otras puertas. Aquí está tu destino. Sangre en los pies. Tomate, sangre, vidrio, mármol, ¿Margaret o Elisa? Amanece y escampa. Acera ensangrentada no ahuyenta transeúnte. Solo curiosidad y desconcierto, pura indiferencia.

-Hola, hola, ¿estás allí, Elisa? Contéstame, ¿me puedes contestar la llamada, por favor? Sé que estás allí.

La contestadora solo alcanza a grabar la mitad del mensaje. ¡Qué fastidio! Silencio. Vidrios que se esparcen,vino, sangre, golpe, muerte.

-Hola Eduardo. ¿Qué querías? Acabo de salir de la ducha y estoy toda mojada. Casi no dormí en toda la noche.

-Será porque preferiste encerrarte con tu misterio en vez de querer pasar la noche conmigo. ¿Nos vemos esta tarde? Tengo algo que contarte.

-Los reproches, ya sabes, no suelen persuadirme, pero la curiosidad...¿de qué se trata la noticia?

-Paul Almanza me llamó anoche para decirme que quiere exhibir mi obra en Tibor de Nagy. Se trata de una exhibición individual. La idea se venía gestando desde hace algún tiempo, pero ayer por fin se concretó, tal vez impulsada por el elogioso comentario que hizo Harald Szeemann en mayo sobre mi obra en la Galerie Yvon Lambert de París. ¡Al fin voy a tener la oportunidad de conquistar esta ciudad de acero a través de mi arte! Debemos festejarlo querida.

-Buena idea, me gusta. ¿A las cuatro en Las Violetas?

-A las cuatro en Las Violetas. Adiós.

Enclavado en el corazón del Village, el café Las Violetas se distinguía por su decoración ecléctica, mezcla de estilos tan disímiles como el art decó y el pop art más estridente. Desde las figuras geométricas del papel pintado que revestía las paredes, hasta las mesitas de *nero marquina* que poblaban el local, le resultaban a Eduardo de un gusto exquisito, por lo que se había convertido en uno de sus sitios de esparcimiento favoritos. A Elisa en cambio, el lugar le producía una sensación incómoda, semejante a lo que Eduardo había experimentado al contemplar el paspartú dorado que enmarca al ave herida. Artificio, frivolidad, mentira, fatuidad, descenso. No obstante ser un sitio atiborrado de gente, casi todos artistas, Elisa y Eduardo pasaban horas discutiendo de arte, de belleza, e inclusive de amor sin llegar jamás a un consenso.

Elisa concebía el arte como una necesidad de afianzar su naturaleza indómita, de interpretar el destino e insertarse en el mundo, una forma de arte que a juicio de Eduardo sobrevaloraba al cuerpo. El cuerpo como forma de expresión estética, una visión del arte no solo exhibicionista, pero asimismo cruel, desgarradora y fatalista que Eduardo no compartía.

Esa tarde la discusión giraba en torno al concepto de pureza artística. Eduardo defendía la idea de que el arte puro debía prescindir de toda pretensión comunicativa. La crueldad, la desidia, podrían estar en el ojo que mira, pero no era responsabilidad del artista el transmitirlas. ¿Debía el arte mantenerse alejado de la vida y permanecer incólume ante la realidad, como defendían algunos de sus contemporáneos? A Eduardo la idea le parecía absolutamente lógica, casi axiomática. Así lo afirmaba su última serie de palettes que tantos elogios había cosechado en Francia. En cambio a Elisa esa filosofía le producía náuseas. ¿Cómo era posible defender una teoría del arte tan falaz, tan insuficiente para interpretar el mundo? Lo suyo era un concepto más personal, más íntimo y a la vez empático. Si el yo es un cuerpo incapaz de existir separado del mundo, ¿cómo el artista podía expresar su existir en el mundo separado del resto, ensimismado en un arte absolutamente conceptual? No, el arte no podía ser indiferente a los latidos, al grito desgarrado de la furia interior, a la violencia.

-Y ahora qué, Elisa, ¿ahora quién de los dos es más personal?

Elisa se quedó mirándolo sin emitir palabra, ensimismada como tantas otras veces en ese coloquio interior interminable, indescifrable para todos. Se quedó mirándolo desde el recuerdo, viendo la vida como desde un antes, con mirada inocente, la trayectoria de su arte, el intermitente descenso, la caída en picada y sonrió complacida de esa imagen mental.

Pasando por alto la indiferencia de aquel gesto, Eduardo continuó con su monólogo: -No, al arte hay que pensarlo en vez de verlo, no hace falta sentirlo...ni tan siquiera imaginarlo...

Al escuchar esas palabras, Elisa pareció despertar de un profundo sueño y dijo asombrada:

-Debo darte la razón en este punto. Se me acaba de ocurrir una idea formidable. ¿y si vamos a tu departamento? ¿y si seguimos esta conversación allí, sin distracciones ni testigos? Se está haciendo tarde ya... Eduardo pagó la cuenta y los dos salieron abrazados perdiéndose entre la bruma que empezaba a desdibujar las calles.

De todas las veces que habían hecho el amor por todos los rincones de aquel cuartucho de la calle Mott, esta era la primera vez que Eduardo tenía la certeza de haber recobrado los bríos, de haber ganado la batalla al hastío y por fin entendido lo que su amante le explicaba sobre el cuerpo como objeto del arte. Así lo comentó cuando vinieron a buscarlo y se lo llevaron esposado. Sonriente de satisfacción, su rostro era el vivo semblante de un iluminado. Cuando los agentes se asomaron a la ventana lateral abierta de par en par, observaron espantados la escena como si fuese un cuadro. Elisa yacía cuatro pisos más abajo en un charco de sangre. Se volvieron a mirarlo y él solo contestó:

-Los buenos cuadros no necesitan un paspartú dorado.

El arte del olvido

Tal vez sea cierto que el recordar es una forma de olvidar, de remendar el pasado disolviendo en las memorias gratas el sabor amargo que nos deja la tristeza o la culpa. Trataré de ser objetivo en mis apreciaciones sobre el encuentro con María del Pilar, aunque de antemano sepa que es un intento fallido.

Sucedió en Madrid. La tarde en cuestión, salía yo del teatro Lara ubicado en el barrio de Malasaña cuando la vi de perfil, envuelta en un abrigo gris, intentando abrir un paraguas que me pareció demasiado grande para su figura diminuta temblando aterida bajo el vendaval lluvioso. Le ofrecí ayuda en uno de esos arranques de audacia poco habituales en mí desde que enviudara siete años antes, y ella aceptó con una sonrisa complaciente. Caminamos juntos unas cuadras bajo los faroles que empezaban a encenderse y en el camino fui conociendo los pormenores de su arribo al país tras varios años de ausencia. Me presenté con mi nombre de pila: Arcesio Gervasio Barklinau Grimaldi, oriundo de Montevideo y radicado en Madrid desde 1973 impartiendo clases de literatura alemana en uno de los colegios privados más prestigiosos de la ciudad. Preferí omitir mi rango de ex Coronel en el exilio, pues no venía al caso.

-¿Qué se siente ser un extranjero radicado en esta ciudad?, me preguntó asumiendo un gesto pensativo.

-No lo sé -le respondí-. Supongo que en cierto modo un vacío que no se llega nunca a llenar. ¿Y usted? ¿Qué se siente al regresar al terruño después de residir casi toda la vida en el extranjero?

-Extrañeza. Ya no se puede volver a ser lo que se era y no se puede dejar de ser lo que se fue.

Comprendí que nos unía un abismo de ausencias y retornos y me atreví a invitarla a tomar una copa. Entramos en un café. Contra los ventanales arreciaba el viento y había empezado a nevar. No había mucha gente en el establecimiento y ocupamos una mesa al fondo, junto a la ventana. Pedimos dos coñacs; sin hielo para ella y en las rocas para mí. Noté que sus manos tiritaban de frío y me animé a tomarlas entre las mías. Me dijo que no sabía dónde pasar aquella noche. Le dije que yo también estaba solo y que podríamos compartir la soledad. Sin mirarme refirió que había ido a ver *Jueces en la noche* porque le interesaba el personaje de Julia, con quien se sentía en cierto modo identificada.

-No estará usted pensando en el suicidio, ¿no?, pregunté tras advertir una lágrima en su voz.

-Hay peores maneras de acabar- respondió - con una mueca triste que emulaba una sonrisa. Fue entonces que me miró. Había un dejo de inocencia en su rostro demacrado. Era delgada, de rasgos finos y delicados y la sonrisa se divisaba con fragilidad en el fondo de sus ojos grises. En ese instante, sentí que no me estaba del todo vedado el milagro y le besé la mano helada.

-Soy casada- me dijo- y yo tuve la sensación que no era la primera vez que lo anunciaba para defenderse, pero evité la tentación de preguntar más de la cuenta. Me acordé de mi cuarto vacío y de mis noches solitarias, de los frustrados escarceos amorosos esparcidos a lo largo y ancho de mi existencia y me quedé callado, como esperando una respuesta. Ella tampoco dijo nada, pero un ligero tremor en sus manos, ya no del todo frías, me respondió afirmativamente.

Salimos del local tomados de la mano, abrazándonos a un tiempo para sortear los copos de nieve que se filtraban por los lados del paraguas. El recorrido me pareció un sueño del que no quería despertar, un sueño venturoso que convertía en recuerdo aquel trayecto que acababa de empezar. Pensé qué tal vez lo mismo le estaría pasando a ella, pero cuando le iba a preguntar me dijo como pensando en voz alta:
-Muy proto moriré.

Yo me quedé estupefacto y la urgí para que apresurásemos el paso, pero ella permaneció tranquila, envuelta en una nube de misterio.

-No hace falta correr-dijo. Ni usted ni yo podemos huir del pasado, pero aún estamos a tiempo de alejarnos de los malos recuerdos. Para ello, hay que mantener la calma, ¿no le parece?

Menos que sus palabras que parecían contestar mis preguntas antes de que yo las formulara, me intrigó su actitud segura y reposada. Continuamos nuestro camino sin prisa y en silencio.

Al llegar ya era noche cerrada. Entramos en la habitación oscura y empapelada a la manera de Cassandre, como era el gusto de mi esposa. Me adelanté para poner boca abajo el retrato de Elvira y encendí la lámpara del tocador. Desde el espejo la observé desvestirse lentamente. Noté que en su espalda tenía una cicatriz vieja que intentó ocultar con la sábana cuando se percató que la miraba.

-Ven- me dijo. No me hagas preguntas. Si quieres podemos fingir un reencuentro…

-No, no es eso - le respondí turbado por la sugerencia, pues en ese momento comprendí que lo que había visto no había sido un espejismo y que lo que estaba a punto de pasar tampoco se convertiría en un recuerdo.

El lado oscuro de la psique

Con dedos temblorosos buscó la punta del acolchado, en un gesto inconsciente y absurdo, como para incorporarse de la cama, bien apretados los párpados frente al espejo, aunque siguió viendo en sepia su propio cuerpo casi inerte, semioculto entre las sábanas que ahora, notó, le tapaban también el rostro. Tuvo miedo, pero infundiéndose a sí misma valor, fue abriendo lentamente los ojos como quien busca entre las sombras una luz de esperanza, un poco de aliento.

En el cuarto en penumbras reinaba un silencio absoluto. Recordó entonces que siempre le pedía a la enfermera que cerrara las cortinas, pero en ese momento se reprochó haberlo hecho. Apenas si podía distinguir las imágenes que la acechaban mudas desde el aparador. Gestos de alegría, sonrientes, posando para la ocasión a través de su larga vida. Ella misma había colocado las fotografías así, ordenadas en fila, siguiendo un patrón cronológico que rayaba en lo enfermizo.

Le pareció escuchar las risas en la habitación contigua, el tintineo de las copas, la música, y entonces tuvo la convicción de que lo que acababa de experimentar había sido solo un sueño, o tal vez, quizás, una extraña pesadilla de la que le estaba costando despertar.

-¡Vení a bailar, Teresa! Dale, no seas aguafiestas.
-¿Aguafiestas yo? Bien sabés que yo le entro a todo menos al baile. Mejor acercate y dame un beso, ¿querés?

Ernesto se aproximó y la estrechó con fuerza, asestándole un beso en la boca con tanto fervor que casi la deja sin aliento. Luego se alejaron abrazados en dirección al jardín, lejos del bullicio. La luna brillaba con soberana belleza en el cielo despejado y una suave brisa con olor a mar enmarcaban aquella escena de sutil embeleso, cuando el disparo de un flash los trajo de nuevo en sí.

En ese momento, Teresa vuelve la mirada hacia la pequeña criatura que yace dormida entre sus brazos y una profunda ternura la invade por completo, en tanto que Ernesto la contempla orgulloso sentado en un sillón junto a la cama. ¡Cuánto habían deseado aquel hijo!, ¡cuántos intentos frustrados, cuántos análisis y exámenes dolorosos había costado engendrar a aquella criatura que ahora duerme plácidamente entre sus brazos ignorante de todo. Y qué goce el verlo crecer, ser testigo de los primeros pasos.

Allí está ahora en el bosque, de caza con el padre, empuñando la carabina regalo de su abuelo Augusto.

-No te vayas muy lejos, Agustín. Ya sabés que me preocupo si no te veo cerca y no me gusta que usés armas, Tu abuelo, de verdad, no tiene juicio. -Pero mamá, dejame tranquilo y no te preocupés por mí que yo sé cuidarme solo. ¡Ya tengo dieciséis años, por Dios. Dejame respirar.

El abuelo Augusto cayó enfermo de gravedad. No me puedo acordar exactamente en qué fecha fue, pero debe haber sido a fines de septiembre o principios de octubre, porque llevamos ropa ligera y ya han empezado a caer las primeras hojas de los árboles. Estamos a comienzos del otoño, a juzgar por la variedad de ocres y rojos que pueblan estas imágenes, por demás felices de reunión familiar.

Hacía algún tiempo que Agustín había "volado del nido" y Ernesto y yo no perdíamos ocasión de visitarlo en la universidad donde cursaba su internado para hacerse médico. Siento que se me oprime el pecho al pensar que la noticia del embarazo de Lucía, su novia, se dio en el transcurso del viaje apresurado a Nueva York, para asistir al entierro. Me pregunto cómo debe lucir un rostro alegre cuando en el corazón no hay más que tristeza, pena o desencanto...es algo que no puedo ni podré comprender jamás.

Cuando nacieron los gemelos hubo que casarse. Nos tomó día y medio llegar a destino, porque en el camino el auto se averió y hubo que buscar alojamiento en un motel cercano. Llegamos justo a tiempo para fotografiar a los novios haciendo adiós con la mano desde la limusina. Aquella noche no la pasamos bien y Ernesto fingió una fuerte migraña para poder zafarnos decorosamente de la fiesta. Igualmente, poniendo la mejor cara, posa junto a los novios y los consuegros con estoica paciencia. Ahí está con su corbatita de lazo enfundado en elegante frac riendo a mandíbula batiente. Si respira hondo y aguanta el aliento todavía puede disimular la panza de borracho empedernido…

El 30 de mayo de 1982 amaneció lloviendo. Sentada en la cama, Teresa se miró las manos, tersas aún a pesar de sus cuarenta y cinco años. Luego posó la vista sobre el bulto que dormía a su lado y recordó que hacía veinte que había jurado "obedecerlo" y guardarle fidelidad hasta la muerte. Dicha imagen mental le causó un súbito estremecimiento; tan incomprensible le pareció en ese instante una promesa hecha en un presente remoto con miras al futuro siempre impredecible. Se levantó despacio para no despertarlo y en puntillas de pie salió de la habitación. Como tantas otras veces, se maquilló y se vistió con sumo esmero. En un rato se echaría en los brazos de Antonio y entonces sentiría nuevamente la felicidad de sentirse deseada. Notó los senos túrgidos bajo la blusa de seda.

En la foto Ernesto luce contento junto a sus dos nietos rubicondos, aunque seguramente no lo estaba, pues horas antes había tenido una fuerte discusión con Teresa a causa de sus escapadas. De un tiempo a esta parte, las peleas se habían hecho más frecuentes y continuas, por lo que ya casi no osaban dirigirse la palabra cuando se reunían con su hijo, nuera y nietos como de costumbre en casa los domingos.

A Teresa se le hacía cada vez más complicado seguir con aquella tradición familiar, porque sus citas clandestinas con Antonio solían prolongarse más de la cuenta y la dejaban exhausta, en un estado de excitación difícil de disimular.

-¿Qué te pasa, mamá?, preguntó Agustín... te noto nerviosa, como distraída.

Teresa lo miró asombrada y cuando se disponía a contestarle con cualquier excusa, Ernesto se desplomó en medio de la sala.

-¡Corré al auto y traeme el maletín, gritó Agustín a Lucía, mientras le tomaba el pulso al padre. "Está infartando", dijo y ordenó llamar a emergencias de inmediato.

Muy a pesar, Teresa tuvo que llamar una ambulancia y fingir estar acongojada ante el drama que se desarrollaba ante sus ojos. Marcó despacio, como si supiese que unos segundos bastarían para que el plan que había urdido meses antes saliera perfecto. Y así ocurrió. Aunque los paramédicos llegaron a toda prisa no pudieron salvarlo. Ernesto fue declarado muerto a las doce menos cuarto de aquella misma noche.

Sin embargo, la alegría como resultado de aquel acontecimiento fortuito no duró tanto como Teresa hubiese esperado. La libertad sin riesgos que confiere la viudez a esa edad no es garantía de una vida dichosa, aunque así lo parezca en esa foto suya y de Antonio, tomada a mediados de agosto en su cabaña de Vermont. En ella, Antonio se ve alegre abrazando a Teresa copa en mano, pero en la mirada de ella se puede ver un dejo de tristeza, o desencanto más bien, no sabría decir con certeza. Hacía meses que Antonio venía dándole de largas al asunto de su divorcio con Paulina y ésta, íntima amiga de Teresa, ya había empezado a desconfiar que entre su marido y ella había algo más que una amistad.

Si alguna vez sospechó que Teresa había tenido algo que ver con el "suicidio" por envenenamiento de su esposa, Antonio se llevó el secreto a la tumba. El caso fue que al cabo de unos años de relaciones secretas con Teresa —nunca llegaron a casarse y ni siquiera a vivir juntos —tal vez atormentado por un sentimiento de culpa, se mató de un escopetazo. De eso han pasado casi cuarenta años. No tiene sentido seguir lamentándose, aunque Teresa se empeñe en hacer lo contrario, sobre todo al revivir aquella última tarde que pasaron juntos. Luego la vida transcurrió plácidamente, sin inquietudes ni tropiezos, pero también sin sorpresas, en angustiosa monotonía, año tras año, como lo demuestran esas fotografías que no logró alcanzar por más que intentó estirar los brazos.

Al entrar en la habitación oscura, Agustín abrió primero las cortinas, luego se dirigió a la cama donde yacía su madre muerta y le sacó de las manos las fotografías estrujadas que al soltarse se desperdigaron desordenadamente sobre el parquet.

El zapato rojo

Un brazo alzado empuñando un zapato rojo de taco aguja con ademán amenazante provoca una lluvia de risas que se esparce por todo el recinto como un rocío refrescante y disipa por un momento el tedio que reina en el aula.

-El día en que Ana llegue temprano a clases, lloverá de abajo hacia arriba.

-Necio, mal educado, insensible. Si supieras lo que es venir a clases con dos hijos chicos que no te dejan tiempo ni para respirar ...y encima otro en camino.

El cartapacio diminuto y delgado sobre el escritorio es testigo mudo de ese tiempo ido, o mejor dicho huido de esa membrana sutil que llamamos memoria. Mastico en silencio el polvo que es recuerdo, recuerdo que es pan ácimo con el que no me animo a comulgar.

Esa chica de pelo suelto que está sentada al frente, acicalada como un figurín le quita dramatismo a los poetas malditos que abordamos. ¿Será casada o soltera? Alberto la observa embobado mientras ojea el poema de las vocales: "A negro, E blanco, I rojo..." ¿qué tendrá que ver contigo este dislate sinestésico? ¿Tendrá razón Nordau?

Una mosca se posa en mi frente. Mosca peluda, impertinente que me descifra el acertijo del encuentro fortuito de la máquina de coser y el paraguas en la mesa de disección. Pero eso ya pasó o viene después.

-¿Y usted de qué se ríe? Debería prestar más atención. Así le va.

Fermín se alisa los bigotes chuscos de indio chorotega, a despecho de sus manos de marqués, pero no se da por aludido porque sabe que a pesar de todo es hábil con las cuerdas, capaz de interpretar polcas o música épica medieval con la facilidad de un experto en materia de música, aunque nunca haya aprendido a leer bien las partituras. Y vos, Dórida, allá en el fondo, acurrucada contra la pared, no tenés vergüenza así roncando. Qué pensaría el griego si te viera. Flautas, pizzas, gatos negros y suntuosos. ¿Soñás acaso? Tal vez, pero sin adoptar las nobles actitudes de las grandes esfinges.

Qué gran desafío desentrañar el tiempo, hacerlo crujir como una hoja seca. La mosca se para otra vez en mi frente y su negro corsé velludo me transporta a la muerte cercana pero lejana aún en el tiempo. Tan inmortal el zumbido que la alquimia ha grabado en las mentes que estudian...

¿...Que estudian? Ya no te es tan fácil disimular que no te interesa la literatura, che Virginia en Las Violetas. Pero eso ya es de después, de la otra, o así me temo. Marta sería una magnífica escritora de no ser por su glacial acercamiento a la poesía siempre esquiva, siempre escurridiza como los pensamientos que ahora se escapan por todos los rincones. Porque, ¿qué es poesía sino un eterno desmentir la norma, un corredor de muerte, una especie de patíbulo que es una misión para siempre incumplida y anónima?

Díez la comparaba con el mal. Azuza, agrede, inquieta, estimula, abandona, transgrede, araña, lastima, confunde. Al acecho siempre; siempre oculta.

No suena la campana. Acá ella reina soberana y egregia, pero jamás inmaculada. Baudelaire lo sabía. Mercado lo advertía con cierto arrebato inoportuno. El profesor asiente ufano al fin alguien discurre. ¿Y qué? Cabra sigue embobado como de costumbre y casi no atina a atajar el hilito de baba que le cae de las comisuras...el figurín acaso no lo nota, pero tiene más arrastre que la U verde o la O azul de Arturo. Todo se hunde ahora en las crueles hediondeces letales, en los ardores del averno. Casi percibo en este humo que exhalo el dibujo delineado que en el aire la mosca ejecuta, toda una proeza, pero no logro ahuyentarla. Corta al viento y no se va, bate el viento y sigue aquí la muy Muyala.

Y ahora qué, ¿se alzará el desgano? ¿Despertará el durmiente? ¿Retumbará burlón su ronquido en el tiempo? ¿Bajará el zapato rojo a los confines de su función pedestre?

No lo sé. Es tan corto el amor y tan largo el olvido...

Fue en el año de la escarapela

Eso pasó en el año de la escarapela. ¿Te acordás cuando teníamos que usar la escarapela prendida en el guardapolvo para entrar a la escuela? Acto seguido, formábamos fila y bien atentos veíamos con orgullo izar la bandera y empezábamos a cantar…

Es muy bella mi bandera, mi bandera,
Nada igual a su lucir, su lucir…
En su sombra la que buscan
Los valientes al morir…

-¡Qué lindos tiempos aquellos! -expresó con nostalgia Javier. Y agregó: ahora no hay ni bandera, al pomo la escarapela y casi nada de orgullo nacional. Los chicos de hoy se te quedan mirando si le preguntás si están orgullosos de su bandera, a la que solo revolean durante los partidos de fútbol en la cancha, y solo cuando jugamos contra Argentina, porque que si no, ni eso.

-¿De qué orgullo nacional me hablás?, le preguntó Manuel. ¿Ya se te olvidó con qué orgullo nacional nos aporreaban y nos metían picana mientras nos gritaban vende patria, subversivos, escoria nacional…tupas?

-Sí, me acuerdo bien, pero entonces eran ellos y no nosotros los que manchaban la bandera, los que traicionaban a la patria. Todo ha cambiado, yo sé. Entonces no teníamos opción. No podíamos elegir. O era la miseria o los barrotes. Había que hacerse fuerte a golpe de palos. Ahora todo es distinto.

-¿Ahora es distinto, sí? ¿Ahora tenemos opción acaso?

-No me hablés con ese tonito de sorna. No me creas tan bobo. Han pasado los años y mirando ahora el pasado a larga distancia se puede ver que hemos progresado en algo…¿o no?

-Y sí, ahora nos amansan con el verso del subsidio, un centro público para recordar a los desaparecidos en el cual no te cobran entrada, pero si no fuera por las ollas populares...

-El gobierno hace lo que puede. Hubo bajas de ambos bandos. ¡No se puede vivir rememorando el sufrimiento, culpando al otro!

-Ellos eran los asesinos. Nosotros defendíamos nuestro derecho a la vida, a los derechos humanos. No nos dejábamos matar para ser recordados por la historia ni recibir unas migajas por habernos defendido.

-Pará, ahora tenemos opciones.

-¿Qué opciones? Seguimos teniendo hambre y frío, nos falta todo.

-Ahora hay computadoras en las escuelas. Los pibes viven informados las 24 horas del día. Tienen libertad de elegir si quieren, lo que pasa es que no les importa nada de lo que pasa afuera de su círculo de amigos...qué sé yo, es como si quisieran vivir alejados de la realidad, o como si no les importase el presente. La escarapela, esa pequeña insignia que prendíamos con orgullo en el pecho nos recordaba siempre que teníamos un deber hacia el prójimo, hacia nuestros compatriotas. Eso se ha perdido. Ahora con tal de tener un celular hacen cualquier cosa. Las costumbres han cambiado, eso es lo que está pasando.

-¿Y vos no te has puesto a pensar por qué las cosas han cambiado tanto?

-La globalización, qué sé yo!

-La globalización, la globalización...el nuevo caballito de batalla. Antes eran los pobres del mundo que se sublevaban porque se les atropellaban sus derechos. Ahora en cambio...son los ricos los que se quejan de todo.

Que si no se respeta la identidad sexual, que si éste no es mejor que el otro aunque se rompa el lomo laburando, que si todos merecemos una tajada de la torta, pero en el fondo no son ellos, sino nosotros los que siempre terminamos pagando el pato y terminamos comiéndonos las migajas… Guarda y no te fleten del laburo porque una mina te denuncie por acoso sexual. ¿En qué han cambiado las cosas?, decime vos. ¿Acaso no seguimos siendo un país de tres millones de habitantes donde la mitad vive en el exilio, la mitad de la mitad que queda vive panza arriba y el resto se conforma con las chirolas que nos tira el estado? Hay que ver lo ciego que estás.

-No. Si yo no digo que la vida sea color de rosas, no, pero hoy no vas preso por cantar con la murga y tenés más oportunidades de trabajo, podés exigir mejores salarios y hasta te podés dar el lujo de irte unos días a la Barra de Santa Lucía con la familia en semana de turismo. Las cosas que denunciás pasaban en la época de la escarapela. Lo que yo digo es que se ha perdido esa cosa que había antes, no sé cómo explicarlo.

-La Barra de Santa Lucía, el Punta del Este de los pobres, sí. Yo te lo voy a explicar de manera bien simple. Es que nos cambiaron el escenario, el cortinaje, las bambalinas, las luces de fondo y ahora seguimos en la misma, solo que mejor iluminados. Vos y yo no lo vamos a ver, pero llegara el día en que nuestros nietos saldrán a escena sin siquiera protestar porque estarán convencidos del todo que la injusticia es justa y que sus abuelos se mataron al pedo.

-Ya veo que con vos no se puede hablar. Me voy, tengo que laburar.

-¿Un día de fiesta nacional vas a laburar?

-Y sí, me lo pagan extra. Ya ves, no estoy obligado, voy porque yo quiero.

-Allá vos.

Javier emprendió la partida con paso lento. Faltaban unos minutos para que llegara el ómnibus y la tarde amenazaba con llover. Se abrochó el botón del cuello, se subió la solapa y encendió un pucho al que fue pitando despacio para que le durara más. Al llegar a la fábrica la encontró cerrada. Golpeó y el viejo sereno se asomó a la ventana.

-¿Qué quiere?, preguntó con tono displicente.

-Vengo a hacer el turno de la noche. Me concedieron a mí el turno de la noche esta semana, para hacer unos mangos extra.

-¿Qué turno de la noche? El turno es mío. ¿Acaso no sabe que soy amigo del señor Robello?

-Pero si Robello me dijo ayer mismo que me pasara por la fábrica esta noche para hacer la guardia.

-Se habrá equivocado. Había empezado a llover fuerte y el sereno, al verlo tiritar bajo la lluvia, se compadeció y de manera menos descortés lo invitó a pasar.

-Si quiere pase y llame usted mismo a la gerencia. Todavía deben estar camino a casa.

Desconcertado, Javier entró en la pequeña oficina sin calefacción que servía de refugio al viejo sereno. Marcó el número del celular y contestó Robello omitiendo el "hola" habitual.

-Caniles, ya le dije que no me moleste fuera de horas. Ahí tiene usted el número de mi socio por si algo pasa. Me la paso trabajando todo el día y es justo que después de irme exija que no me moleste nadie.

-Soy yo, Petrilli, don Robello, contestó tímidamente Javier. Discúlpeme la molestia, pero como usted me dijo que me pasara por acá para cubrir el turno de la noche, yo pensé que …

-¿Pensó qué? ¿que tenía el turno de la noche asegurado? Yo le dije bien claro que a lo mejor podíamos concederle el turno de la noche. No le dije que el puesto era suyo.

-Si, pero como usted sabe, ando corto de guita y la venida hasta acá me queda lejos...tuve que venirme a pie...

-¿Y qué culpa tengo yo de que usted malentienda mis palabras? Váyase para su casa, hombre. Ya tenemos un sereno que no exige pagos extra por el trabajo que tiene que hacer.

-Pero es que yo...usted sabe, nos han cortado las horas de trabajo por el asunto de la pandemia, casi no me alcanza el sueldo.

-Y bueno, Petrilli, usted tiene opciones...

La casa de las hortensias

Ha empezado a amanecer. Una madrugada como ésta, reunidos alrededor del fuego, oímos esa historia. Hablábamos sobre la vida y la muerte. Fue mi padrastro el que sacó a colación la frase de Twain que dice: "aquel que le tiene miedo a la muerte, le tiene miedo a la vida", el miedo a la muerte viene del miedo a la vida o algo así y esas palabras resonaron como un estallido en la oscuridad. Todos nos quedamos callados por un rato, un tanto perplejos, como si acaso aquella frase pronunciada al azar nos hubiese revelado un secreto que de sabido se nos había olvidado. Entonces mi abuelo, que hasta ese momento se había mantenido en silencio, absorto en sus pensamientos, dijo con voz muy queda mientras miraba el fuego:

-Los jóvenes suelen creer que la muerte es como una mujer hermosa que les viene a buscar en medio de la noche para hacer el amor, pero en eso, como en muchas otras cosas más, se equivocan. Sucedió hace muchos años. Todavía no me había salido la barba, pero ya había empezado a creer que la vida duraría para siempre.

Los días y las noches transcurrían lentamente entonces, o así me parecía. Tal vez por eso tengo aún claro en la memoria aquella noche lejana de octubre de 1953, en que mi hermano Guillermo me llevó a la casa de las hortensias…

Parados bajo el portal, esperamos pacientemente a que se pasara la lluvia y cuando escampó, arrancamos a pie el camino empedrado. Había empezado a soplar un viento frío, inusual a esas horas y en aquella época del año. Serían como las ocho cuando llegamos por fin a una casa de balcones vencidos y y ventanas cerradas a cal y canto. Encendí un cigarrillo para desmohecerme y me froté las manos para entrar en calor. Nada hacía suponer que en esa casa habitara alguien. Lucía abandonada desde hacía mucho tiempo. El tejado había empezado a ceder bajo el peso descuidado de los años y un olor a madera podrida se advertía en el aire a medida que nos íbamos acercando. Guillermo me tomó de un brazo y me dijo con voz ronca: -No tengas miedo. No te pasará nada. Quiero que conozcas…iba a decir algo más, pero en eso una mujer entrada en años abrió la puerta y nos recibió con una sonrisa que no supe entonces interpretar. –Pasen, nos dijo, y señaló con la mano el camino a seguir. Nos sentamos en un sillón de cuero desvencijado. Todo en el lugar lucía ceniciento, como nublado por el polvo. Crujió el sillón donde enterré mi cuerpo sin ánimo de ser visto ni escuchado, pero la mujer de la sonrisa enigmática me señaló preguntándome: -Así que vos sos Emilio, el menor de los Ferri, ¡mirá vos! Guillermo contestó por mí, en un tono que me pareció hostil, como si tratara de protegerme.

–Vinimos a visitar a Dominga. Si no está disponible, díganoslo y nos retiramos. La sonrisa enigmática se desdibujó de un pronto de aquel rostro desfigurado por la llama temblorosa de la lámpara a gas que mal iluminaba el entorno.

–Ya baja, contestó. Deben comprender que estas visitas inesperadas pueden resultar un tanto inoportunas, tratándose de una mujer cuya salud empeora cada día.

Oí un leve quejido y miré hacia la escalera semienterrada en la penumbra donde vi descender una figura fantasmal, sin manos y sin rostro. Guillermo se irguió para recibir a la aparecida. Entonces noté que su actitud había dejado de ser recelosa. Sus manos y sus gestos denotaban afecto, como si se tratara de una antigua conocida. –¿Por qué has traído al niño?, le preguntó en voz baja la mujer. Sin mirarme siquiera, Guillermo le contestó que había llegado la hora de conocernos, porque el fin estaba cerca. Yo me entretenía mientras tanto acariciando al gato juguetón que había venido a frotarse entre mis piernas, disimulando no oír la conversación, pero mis oídos estaban atentos, quizás aún más alerta que mi propio corazón. Después bajaron la voz, como si presintieran que yo los vigilaba. No alcancé a verle bien el rostro –si es que lo tenía- cuando volteó para mirarme; sólo el destello rojo de sus ojos al mismo tiempo que le decía a Guillermo: -Ven conmigo, tengo algo que dejarle. Mi hermano y la mujer subieron lentamente por la penumbra y de no ser por el crujido de las tablas, hubiese creído que levitaban. La anciana me sacó del ensimismamiento con un rechinar de huesos al agacharse para levantar el candil cuya débil llama había empezado a tililar.

–Voy a cargarla, me dijo, a un tiempo que el gato, asustado, saltó de mi falda y salió por la puerta entreabierta. Yo lo seguí. Afuera soplaba el viento con una violencia jamás vista ni imaginada. Esa fue la causa, me explicaron después, por la que no pudieron detener las llamas. Así fue que detrás quedó enterrado para siempre en aquella casa envuelta en llamas el secreto que nunca habría de ser revelado.

La obediente

Se dejó caer en el sillón con toda su humanidad, se desabrochó el nudo de la corbata y miró el reloj. Parecía como si quisiera averiguar en qué momento se le había metido esa idea en la cabeza, aunque sabía bien que no había sido hace una hora, ni diez y ni siquiera aquel verano, por lo que se puede afirmar que estaba fingiendo una vez más. Yo lo miraba de reojo para no parecer demasiado interesada en lo que podía o no contarme, pero en el fondo me moría de ganas por saber qué cavilaba aquella cabeza llena de misterios y maquinaciones. Se ve que él se dio cuenta porque en ese instante me llamó a su lado con la excusa de "hacerme un pedido confidencial," o algo así me dijo. Quería, ahora lo veo claro, un cómplice y yo fui tan obediente que me dejé embaucar.

Hacía tres años que éramos amantes. Yo supe desde el comienzo que esa relación no daba para más, pero por comodidad o por conveniencia, por aburrimiento o soledad decidí continuarla. No podría decir que no la disfrutaba. Alfredo era un hombre culto, muy respetado en el mundo de los negocios y además rico, cosa que si bien no era un requisito precisamente indispensable para iniciar esa relación, constituía un punto a su favor. Yo acababa de comenzar mis estudios en la Academia de Bellas Artes y por ese entonces vivía en un pequeño departamento que compartía con Marta, en el mismo edificio donde Alfredo tenía un despacho. Recuerdo que estaba leyendo La insoportable levedad del ser la mañana en que nos encontramos y él se quedó observándome mientras leía en la cafetería en la que solía desayunar ubicada en la planta baja. Como no me sacaba la mirada de encima, le pregunté incómoda si necesitaba algo. Advirtiendo mi molestia, se disculpó enseguida y sin pedir permiso se sentó a mi mesa con la excusa de contarme que Milán Kundera era su escritor favorito. Debo decir que la excusa me pareció un poco infantil, pero le seguí la corriente porque extendiéndome la mano me dijo que ya me conocía.

-¿Ah sí?, le dije yo, y en ese momento recordé haberlo visto un par de veces esperando el ascensor, mientras yo sacaba la basura. Ahora me pregunto si ya desde entonces me estaba vigilando. Así fue el comienzo de una relación que por mucho rebasó todas las expectativas de una chica soñadora de diecinueve años. Íbamos a cenar a los restaurantes más exclusivos, nos hospedábamos en los hoteles más lujosos y hacíamos viajes al Oriente y Occidente cada dos por tres. Un día me dijo: -te parecés a Sabina de *La Insoportable levedad del ser*-, cosa que me pareció insólita pues él no se parecía para nada al profesor romántico e idealista ni yo a la frívola antagonista de la novela de Kundera. Más bien se invertían los papeles y para entonces yo ya había empezado a notar, no sin cierta zozobra, que nuestra relación no era muy normal. Por ejemplo, nunca aceptaba que lo llamase entre las once y la una, pero se molestaba cuando me llamaba de madrugada y yo no contestaba el teléfono.

-Es que me acuesto a las once y a esa hora apago el teléfono. Estoy cansada.

-Eso te pasa por querer seguir trabajando en esa galería de cuarta donde ni siquiera te valoran. Si quisieras, podrías dormir hasta las doce y no tendrías por qué pasar hambre ni humillaciones.

-No paso ni hambre ni humillaciones. Me gusta mi trabajo y no es una galería de cuarta como vos decís. Es que recién está empezando. Marta ha invertido hasta el último peso y yo la estoy ayudando con la contabilidad y el manejo de las finanzas. ¿Por qué te es tan difícil entenderlo?

-Bah, vos y yo nunca vamos a ponernos de acuerdo. Dale, vení, dame unos masajes en los pies, que estoy muy estresado y dejate de decir pavadas.

Esos comentarios degradantes se habían vuelto cada vez más frecuentes en nuestras conversaciones y yo, ahora lo veo claro, me había de tal modo acostumbrado a ellos que no los consideraba ofensivos. Por eso siempre acabábamos haciendo el amor y todo quedaba olvidado.

Un día vino con el cuento de que estaba en aprietos por no sé qué inversión equivocada que había hecho con un amigo que lo estafó llevándose todo el dinero que le había dado. Si no conseguía trescientos mil dólares en el plazo de un mes, caería en desgracia pues había sustraído el dinero de la cuenta de uno de sus clientes y si éste se percataba de lo que había hecho lo iba a denunciar. Por una semana ni nos vimos ni nos hablamos. Yo ya había empezado a preocuparme cuando por fin golpeó a la puerta.

-¿Por qué no me llamaste ni me escribiste si no podías venir?, le reclamé.

-No quería preocuparte. Estaba viendo la forma de resolver el lío yo solo, sin involucrarte. Vos no te merecés que un tipo que se supone te ayude y te proteja, te abrume con sus preocupaciones… ya sé que somos una pareja y que entre los dos no debe haber secretos, pero… pensé que sería preferible no amargarte con mis problemas los cuales, al fin y al cabo, no son tuyos…

Ahora me doy cuenta que me estaba dictando las palabras textuales que yo tenía que decir, como de hecho las terminé diciendo.

-Sí somos una pareja y por eso debemos confiar el uno en el otro. Tus problemas son míos también. Me escuché decir esto no tan convencida de lo que decía, sino más bien segura de que era lo que se esperaba que dijera.

Entonces volvió a mirar el reloj y sin más preámbulos me dijo que le firmase unos papeles del banco antes de las once para poner la galería como aval y así saldar la deuda de inmediato.

-Es un asunto leve, me dijo al despedirse sin mirarme a los ojos. Tan solo un trámite.

La rueda

En los cuatro dilapidados edificios de la calle Lamont no había un departamento más limpio, más ordenado y silencioso que el ocupado por Paulina Pichardo y su hijo Gabriel, concebido cuatro años antes una noche de tragos y drogas allí en el mismo vecindario a unas pocas cuadras de distancia. Paulina era por aquel entonces poco más o menos que una piltrafa y nadie hubiese podido suponer que podría parir un hijo sano, mucho menos Tyronne, su compañero de juerga.

-¡No!, había dicho ella. No, no y no. Dejaré las drogas y buscaré un empleo para mantenernos los dos. Llévate tu asqueroso dinero.

Tan rotundo fue aquel rechazo, que Tyronne vio en aquella negativa la oportunidad perfecta para meter el sobre en el bolsillo y mandarse mudar sin volver la vista atrás.

Al acercarse a la ventana, Paulina observó con agrado que ya habían empezado a amarillear las primeras hojas de los árboles y un aire liviano y fresco invadía la sala. Pensó que había tenido mucha suerte de haber conseguido ese refugio, modesto sí, pero cómodo y seguro para ellos dos. Vivían en el duodécimo piso y desde allí podía divisar la plazoleta del complejo de edificios que tenía algunos columpios , dos toboganes y en medio, una rueda giratoria, el juego favorito de Gabriel. Al voltear la cabeza lo vio durmiendo plácidamente abrazado al osito de peluche y sintió que una suerte de ternura mezclada de tristeza la abrazó como una sombra.

Pobrecito, pensó. No sabe que si hubiese sido por su padre, no habría nacido y ese padre al que ama sin siquiera haberlo visto, nunca lo ha querido conocer, porque no lo quiere ni le importa. Todos los cuidados que he puesto, que pongo, habrán de protegerlo y hacerlo feliz, yo lo sé. No necesita más amor que el mío. En esas cavilaciones entretenía la mente y espantaba sus miedos cuando Gabriel despertó y fue corriendo al encuentro de su madre.

-¿Vamos al parque, mami?

-Qué siesta te diste, dormilón. Vamos a tomar la leche y luego iremos a la plaza, ¿sí?…

Tras el cambio de hora, anochecía más temprano y aunque el sol todavía daba de lleno en el ventanal de la sala, al salir del edificio, Paulina notó que la sombra cubría unos siete u ocho pisos; entonces miró el reloj. Calculó que les quedaría algo más que una hora de recreo antes de que empezara a anochecer. Así que apuró el paso dejándose llevar suavemente de la mano por su pequeño.

La plazoleta estaba llena de niños. Del otro lado de la plaza se extendía una hilera de árboles altos y grises. De este lado no había sombra ni árboles y la rueda giratoria resplandecía bajo el sol aún potente de la tarde. Gabriel corrió hacia ella, pero unos niños más grandes se le adelantaron empujándolo bruscamente a su paso, y si Paulina no hubiese reaccionado con tanta rapidez, el pequeño se hubiera dado de bruces contra el pavimento rompiéndose la cara.

A medida que Gabriel crecía y empezaba a desprenderse de su mano protectora, habían empezado a asaltar a Paulina los temores de un posible accidente y no podía evitar que le ganara el egoísmo hasta el extremo de impedir que su hijo jugara con otros niños. Ese mismo egoísmo que ella confundía con amor, le provocaban unos inexplicables sentimientos de culpa que casi nunca lograba disipar del todo. Aun así siempre lograba sobreponerse y pesando en la balanza la culpa y el miedo, la ganaba siempre de este último, de modo que sin pensarlo dos veces, de un tirón se lo llevó a los toboganes. Allí estaban cuando se acercaron unos niños a los que Paulina nunca había visto en el vecindario preguntándole si podían jugar con él.

-¡Váyanse, les dijo alarmada ante el exabrupto, en un tono que a la misma Paulina le pareció hostil. Los niños se fueron, pero volvieron al rato.

-¿Cuántos años tienes, niña?, preguntó Paulina.

-Nueve y mi hermano siete. ¿Podemos jugar con él? Por favor, por favor, ¿sí?

Insistieron tanto que Paulina, afectada por el remordimiento de haber sido tan brusca con ellos y tan sobreprotectora con su hijo quien la miraba con ojos suplicantes, al fin cedió. Gabriel se veía feliz y en el acto se desprendió de la mano de su madre para correr hacia los juegos con sus nuevos amigos.

Paulina miró a su alrededor. La hilera de árboles grises parecían más altos y la sombra se deslizaba lentamente hacia el centro de la plazoleta iluminada por el destello ahora más tenue del sol. Buscó un asiento cerca de la rueda giratoria donde descansaba un anciano ciego, vecino del edificio. El anciano, presintiendo que alguien se acercaba se arrimó hacia la esquina del banco.

- No se moleste, le dijo Paulina, pero el anciano le contestó con una sonrisa.

- No quedan ya muchos niños en la plaza, ¿no? Y luego prosiguió:

- Me gusta tomar aquí el sol por las tardes. Suelo regresar a mi cuarto cuando dejo de escuchar las risas de los niños. Entonces sé que es hora de marcharme.

- Todavía quedan unos cuantos. Entre ellos mi hijo que no se cansa de jugar.
- He oído que pronto cerrarán la plazoleta. Es una lástima, pero las reparaciones son muy costosas y al parecer, la ciudad no quiere hacerse cargo de su mantenimiento.

- No lo sabía...¿y para cuándo será eso?
Los niños y Gabriel se habían montado en la rueda.

Gabriel reía como un loco cuando los niños hacían girar la rueda más rápido. Paulina les sonrió advirtiéndoles con la mirada que tuvieran más cuidado.

- Creo que el mes que viene van a desmontar los juegos...o así me dijo el administrador del edificio. ¿Usted vive por aquí?

- Sí, allí mismo, dijo Paulina señalando su edificio con el dedo, pero enseguida recordó que el anciano era ciego y agregó: -En el edificio B; vivo con mi hijo de tres años, Gabriel.

Paulina no solía hablar con sus vecinos, casi todos conformados por familias conflictivas, entre las cuales abundaba la violencia doméstica y el abandono, pero la conversación con aquel anciano viudo y sin hijos le inspiraba tranquilidad, así que se entretuvo un rato mientras Gabriel y los niños no dejaban de jugar felices.

-Creo que ha llegado la hora de marcharme, dijo el viejo, y aquellas palabras le resonaron a Paulina como una siniestra premonición. Entonces alzó la vista y vio la rueda vacía girando en falso, cubierta ya del todo por la sombra...

Secreto de familia

He venido a entregarme. Estos últimos años, meses, días de desasosiego han acabado por extinguir las pocas ganas que me quedaban de seguir viviendo. Si no lo hice antes no ha sido, como me han acusado en los medios, por cobardía o por maldad. Nadie debería juzgar lo que no conoce, aunque yo misma no he dejado de hacerlo en todos estos años. Ahora ya es muy tarde para lamentarse, lo sé. Por eso estoy aquí.

Arturo dejó el vaso de whiskey a medio terminar sobre el escritorio y trató de limpiarse con los dedos la manchita que se le había hecho en el pantalón al mover el vaso. Faltaban quince para las siete y había empezado a llover fuerte. Desde los altos ventanales miró los árboles pelados de la avenida e hizo el recorrido mental desde la calle Lafinur al centro. Calculó que le tomaría al menos una hora llegar a recoger a las niñas para llevárselas el fin de semana al campo, como había acordado con Elena. Pensó que en el fondo ella había tenido razón al proferir aquellas palabras tan duras la noche anterior:

-Vos no tenés vergüenza de venir aquí a hacerte el gran padre a estas alturas del partido. Yo no tengo por qué seguirle el juego a tu abogado. La jueza ya me dijo que me anduviera con cuidado porque una más y perdería a las niñas para siempre, es por eso que he cedido, pero vos sabés muy bien que si yo quiero, te hundo...

Arturo salió de su abstracción porque Graciela entró intempestivamente en el despacho para anunciarle que tenía una llamada urgente del doctor Grimaldi. Era ya la cuarta vez que lo anunciaba, así que se lo dijo en un tono un tanto más acuciante:

-Grimaldi al teléfono otra vez. Ahora me ha dicho que si no lo atiende, vendrá para acá. ¿Qué le digo ahora?

-Nada. Pasame la llamada y si querés, ya podés retirarte por hoy.

No se puede decir que Elena era una mala madre. Desde chica siempre había querido ser jueza como su padre. Después, cuando entró en la facultad, no hizo otra cosa que dedicarse en cuerpo y alma a los estudios. Ni novio se le conocía. Cuando las amigas la invitaban a salir siempre ponía alguna excusa y de no ser por su carácter afable y solidario se hubiese llegado a pensar que era una timorata insulsa y arrogante. Por eso todos quedaron sorprendidos cuando cursando el último año de la carrera y a punto de terminarla con un promedio deslumbrante, anunció su retirada. No pudo, o quizás no quiso especificar las razones de su inesperada decisión, pero al cabo de algunos meses se supo que había dado a luz gemelas y estaba viviendo en Buenos Aires con su ex-profesor, el Dr. Arturo Lazzari en un cuartito de la calle…, a pocas cuadras del Solís.

-Arturo, tenés que hacerme caso si no querés ir en cana. El juez Moreira es amigo mío, vos sabés, pero yo no puedo impedir que no se cumplan las leyes y vos ya estás quemado.

-No te entiendo, dijo Arturo. Primero me decís que la llame, que le siga la corriente sin chistar y después me aconsejás que haga lo contrario. La verdad es que me tenés confundido.

-Es peligroso jugar con fuego. La sospecha que pesa sobre vos es muy seria.

-¿te olvidás que yo también soy abogado?

-Por eso mismo te lo digo. No solamente tu reputación está en juego, sino también tu vida. ¿O es que te pensás que Elena no va usar todos los medios a su alcance para sacarte del medio? Y lo peor es que saldría impune. No vayas. Haceme caso aunque sea por esta vez.

Arturo no escuchó lo que dijo después porque se había quedado atento en otra cosa mientras sostenía el auricular a medio colgar. Se estuvo en esa posición por un corto lapso de tiempo, hasta que oyó el sonido de la puerta al cerrarse y el giro de la cerradura. Después colgó sin despedirse.

Cuando Elena decidió cambiar de rumbo en su vida y abandonar la carrera, ya habían pasado seis meses desde la tarde en que se encontró a solas por vigésima cuarta vez en una habitación de aquel hotel en Pocitos con Arturo Lazzari, con quien había iniciado una relación adúltera de fin de semana. Nadie hubiese podido suponer que entre aquella muchachita frágil de modales discretos y aquel hombre mundano y extrovertido hubiera podido surgir atracción alguna. Pero así pasó aunque la única que lo captó al vuelo fue Herminia Zingone, la mujer de Lazzari. Al principio lo amenazó con dejarlo en la calle si no dejaba a la concubina, pero a medida que vio pasar el tiempo y el hombre volvía a las andadas, le puso un revólver en el pecho y amenazó con dispararle. Siempre había sido un poco insegura, pero aquella tarde a Elena no le tembló el pulso al descargar sobre la cabeza de la mujer el cenicero de vidrio con alma y vida, ni se le movió un músculo al verla rodar por la cuneta en donde la tiraron a solo pocas cuadras del hotel. Arturo había quedado como anonadado después del incidente y ni su mudanza a Buenos Aires ni el nacimiento de las gemelas habían podido despejar el abismo que se había abierto entre él y su amante. Cuando salían a pasear con las niñas, cuando dormía a su lado e incluso cuando hacían el amor, lo acometía un extraña sensación de desasosiego, como si sospechara que aquella mujer era capaz de todo, incluso de…

Arturo sacudió la cabeza para espantar los malos pensamientos y miró el vaso de whiskey a medio terminar. La mancha del pantalón ya se había secado. ¿Cuánto tiempo había transcurrido? Imposible saberlo. Desde hacía algún tiempo había empezado a perder la noción del tiempo por culpa de la bebida, pensó, al tiempo que terminaba de un sorbo el whiskey como para confirmar ese supuesto.

Las gemelas Lazzari eran un encanto. Rubias como la madre y extrovertidas como el padre, diríase que poseían el don de la belleza infantil que las hacía únicas y bienvenidas en todas partes. Los padres, pero principalmente la madre, se había esmerado en hacer de ellas una monada. Por las tardes, después del doble turno en el colegio bilingüe de Belgrano, las niñas tomaban clases de piano y los fines de semana, de ballet y esgrima. Arturo se había negado al principio a que sus hijas practicaran esgrima, por considerarlo un deporte incompatible con el carácter delicado de las niñas e inútil para su formación intelectual y emocional, pero en eso, como en casi todo lo concerniente a la educación de sus hijas, había cedido ante la firme determinación de la madre. Su labor como padre había quedado prácticamente reducida a buscarlas al colegio de vez en cuando y de llevarlas de paseo doce veces al año, el último viernes de cada mes. Aquel viernes no sería la excepción, pero por una especie de fatídica corazonada se había retrasado. La llamada de su amigo y abogado, aunque no quisiera reconocerlo, lo había intranquilizado y ahora ya no sabía si llamar a Elena para cancelar la cita o ir a buscar a sus hijas para llevárselas al campo.

Cuando compraron el chalet de Mar del Plata las gemelas todavía no habían cumplido los ocho años. Con cuánta alegría empacaban sus cosas para salir de viaje "a la casita de la playa" como solían contarles a sus amigas del instituto. Muchas veces habían insistido para invitar a alguna de ellas, pero su madre siempre se oponía aduciendo que era un paseo para estar "en familia" y nada más. Desde que la familia se había desintegrado hacía ya más de cuatro años, las gemelas habían dejado de insistir, tal vez porque se sentían con la obligación de mantener el secreto de familia. Florencia, la menos inhibida de las dos, ya había empezado a dar muestras de rebeldía. En más de una ocasión se había enfrentado a su madre con aire desafiante y la desobedecía hasta en las situaciones más cotidianas, como la de tocar la puerta antes de entrar, o llamarla por teléfono cuando iba a tardarse en regresar a casa. Alicia en cambio se había vuelto retraída y casi no salía de la casa a no ser para ir al instituto y alguna que otra vez al parque donde pasaba horas escribiendo en un diario que luego guardaba celosamente bajo llave en un cofrecito de terciopelo regalo de su padre. Por otra parte, respecto al secretismo, parecía seguir en todo a su hermana, por la que profesaba una obediencia indescifrable. Elena había tomado la actitud insolente de Florencia como una señal de rebeldía propia de la edad, pero le preocupaba más el extraño comportamiento de Alicia. Dos criaturas que habían crecido en el mismo entorno familiar, que habían recibido la misma educación escolar y que habían compartido las mismas amistades durante toda la vida, ¿cómo podía ser que ahora se comportaran de manera tan distinta? Elena miró el reloj y se extrañó también de que Arturo no la hubiese llamado como cada último viernes del mes, pero después se dijo que tal vez habría pasado por las niñas mientras ella no estaba, ya que ni Florencia ni Alicia se encontraban en ese momento en casa y en el dormitorio no solo faltaban las maletas, sino también el cofre de terciopelo. Sin darle demasiada importancia, se acomodó en el sillón y se puso a ver una película para matar el tiempo. La despertó el timbre insistente del teléfono y cayó en cuenta de que habían pasado más de dos horas. Sin perder la calma, alzó el tubo. Era Grimaldi; sonaba alterado.

-¿Qué pasa? ¿Por qué tanta insistencia? ¿Te parece buena hora para llamar?

-¿Has oído de Arturo? He llamado a su oficina, incluso he ido a su despacho, pero no contesta ni abre la puerta. Quiero saber si está con las niñas, es decir, si se fue con ellas al campo como había convenido. Vos tendrás que saber, supongo.

-Suponés mal, Aníbal. Yo no he visto a las niñas desde que llegaron del instituto. Salí un momento de casa y cuando volví ya no estaban. Seguramente se fueron con el padre. A propósito, decile a tu cliente que no me desafíe. Si sigue en sus trece de no dejarme más que el departamento de Pocitos y la cuota irrisoria que me ofreció por la manutención de las niñas, no las va a ver nunca más. Me las llevo a Montevideo y si te he visto no me acuerdo. ¿Entendiste?

-Elena, no es momento para ponerse a discutir sobre esos pormenores, ¿no te parece? Arturo me dijo que estaría dispuesto a dejarte todo lo que le pidas con tal de que firmés un documento asumiendo toda la responsabilidad de lo qué pasó ya sabés cuando.

¿Y qué fue lo qué pasó? ¿Acaso te consta? Fue él el que la citó en aquel hotel cerca de la casa para discutir los pormenores del divorcio; yo estaba allí en calidad de testigo nada más.

Ay, Elena, a otro perro con ese hueso. Las pesquisas policiales arrojaron pistas comprometedoras y si saliste ilesa fue gracias a tu padre que era el juez de turno cuando se presentó el caso ante la fiscalía. Tu padre desestimó el caso por "falta de pruebas". Yo mismo tuve que revolver cielo y tierra para indultar a Arturo y conseguir que lo dejasen salir del país. Al fin lo dejaron, pero con la condición de que no ejerciese más la profesión en el país.
Eso le pasa por ser imprudente y terco, pero él sabe que si no afloja, volverá a perder y esta vez, mucho más que antes. Me duele la cabeza, te voy a cortar.

Arturo abrió la gaveta del escritorio y se dispuso a redactar la nota de despedida. Se sentía acorralado, sin la más mínima posibilidad de salir del abismo de zozobra en el que había caído. Sin embargo, en un momento de lucidez halló las fuerzas necesarias para escribir, buscando el redimirse ante sus hijas, contándoles el secreto de su desdicha.

Queridas hijas,

Cuando lean estas líneas estaré muy lejos. Ya no nos volveremos a ver nunca más.

En los años que hemos convivido he sido el padre más feliz del mundo. Lamento que no haya podido darles un hogar estable. Han habido razones que me han impedido hacerlo, razones poderosas que no me han permitido ser libre y que no pueden permanecer ocultas ni un momento más.

La tarde del 14 de diciembre de 1973, seis meses antes de que ustedes nacieran, se cometió un crimen atroz en la habitación 321 del hotel Solís en el barrio de Pocitos, en Montevideo. La que era entonces mi esposa fue atacada por la espalda con un objeto contundente que jamás se halló. Elena la mató y yo no tuve corazón para denunciarla. Entre los dos decidimos deshacernos del cuerpo y lo sacamos en una maleta en la madrugada. El cadáver de Herminia Zingone se encontró cuatro días después e inmediatamente se emitió una orden de allanamiento de la casa que habíamos compartido en Carrasco. Allí hallaron la petición de divorcio que yo le había mandado e inmediatamente se emprendió la búsqueda de mi persona. Yo me había ido la misma madrugada del crimen a San Paulo a instancias de su abuelo Emilio Ferry, pero a los pocos días recibí otra llamada de él instruyéndome que regresara cuanto antes. Me dijo que todo se arreglaría y prometió ayudarme poniendo a mi disposición todo el armamento legal para limpiar mi nombre. Volví convencido de que cumpliría su palabra, pero no lo hizo y si no hubiese sido por Aníbal Grimaldi que movió cielo y tierra para liberarme, aún estaría preso. No hallaron pruebas en mi contra porque no las había, pero estoy seguro que Emilio las hubiese fabricado con tal de sacarme para siempre de la vida de su hija. Si desistió fue porque se enteró de que estaba encinta y ella lo amenazó con confesar. Luego iniciamos una vida juntos aquí, pero nunca pudimos liberarnos de la culpa. El amor que alguna vez nos profesamos se fue agriando con el tiempo. Detrás de cada beso, de cada abrazo, se escondía una sospecha, un resquemor que nos impedía confiar el uno en el otro. Yo hubiese podido quizás adaptarme, pero el carácter irascible de Elena me lo ha impedido. He vivido amenazado durante años y es por ello que he decidido desaparecer de una vez por todas de sus vidas. No me guarden rencor ni crean en las mentiras de su madre. Ella es la única culpable de que yo haya tomado esta decisión. He dejado escondido en un cofre del Banco Central el cenicero con el cual Elena atacó a Herminia hasta matarla. Esa es la única prueba que la delata y la cual nunca usé por miedo, pues sé de lo que sería capaz de hacer si supiera que aún la guardo. Deberán usarla si es que se encuentran alguna vez ante el peligro de quedarse en la calle. Toda mi fortuna se halla también en ese cofre cuya llave retiene mi amigo Aníbal Grimaldi. Podrán acceder a ella cuando cumplan la mayoría de edad.

Arturo acababa de firmar la carta de despedida, cuando le pareció oír nuevamente el giro de la cerradura. Apenas si le dio el tiempo de esconder la carta en la gaveta, cuando alzó los brazos y se dejó caer sobre el escritorio con un sonido sordo y retumbante.

El juez Ferry no cabía de contento al reencontrarse con sus nietas en el aeropuerto de Carrasco aquella mañana fría de otoño. Las dos nietas eran la única familia que le quedaba, pues Elena se hallaba desaparecida y Albert, su único hijo varón, estaba cursando el último año de ingeniería en Londres y no pensaba regresar. Las niñas habían sido repatriadas por orden del juez Ricardo Moreira quien a instancias de Aníbal Grimaldi las había declarado huérfanas y herederas de una cuantiosa fortuna que Grimaldi ya no quería continuar custodiando. En pocos meses cumplirían la mayoría de edad y era conveniente que estuviesen bajo el amparo de algún familiar que les sirviera como guía y al menos como refugio mientras tanto. Las gemelas nunca quisieron contarle a su abuelo lo que sucedió aquella tarde. Se limitaron a decirle que guardaban el secreto por si acaso Elena regresaba alguna vez a sus vidas. A todo el mundo le dijeron que sus padres habían muerto en un accidente automovilístico al retornar de una fiesta de fin de año en Mar del Plata. Sus allegados no pudieron o no quisieron averiguar nada más, de modo que no se enteraron hasta mucho después de que Arturo Lazzari había muerto en extrañas circunstancias, atravesado su cuello por un antiguo espadín que había adornado una de las paredes de su despacho. El resultado de la autopsia afirmando que el fallecido se encontraba en estado etílico al momento de su muerte, así como la carta de despedida hallada en la gaveta de su escritorio fueron pruebas suficientes para determinar que su muerte había sido un suicidio, a pesar de las protestas de Grimaldi que insistió hasta el cansancio que se indagara el paradero de Elena y de las niñas antes de cerrar definitivamente el caso.

Alicia y Florencia se miraron a los ojos al mismo tiempo como en un espejo.

-Y ahora, ¿qué hacemos?, se adelantó Florencia.

-Tenemos que llamar a Grimaldi ahora mismo, pero no desde aquí, desde luego. Sería sospechoso. Mamá debe estar todavía esperando la llamada de papá y no podemos permitir que se nos adelante...

-Tenemos que actuar rápido. Mamá no tardará en llamar... ¿y si la llamamos primero a ella?

-Tenés razón, hermanita. ¿Cómo no se me ocurrió antes? Pero ojo, usá un pañuelo para agarrar el tubo, no sea cosa que...

Alicia tomó el articular con cuidado y discó a casa, pero el teléfono daba ocupado. Esperó unos minutos y volvió a marcar. Esta vez sí contestó Elena con tono de enfado.

-¡Ah!, sos vos, dijo como aliviada. Creía que era otra vez el pesado de Grimaldi que me llamó hace unos instantes. ¿Me podés decir por qué se fueron sin despedirse?, preguntó en tono de reproche...Pasame con el inútil de tu padre. Quiero hablar con él.

-No puedo. Papá está muerto. Florencia y yo acabamos de llegar y estamos horrorizadas porque papá está todo ensangrentado y tiene el pequeño espadín que le regalamos clavado en la garganta. Estamos muy asustadas y no sabemos qué hacer. Vení a buscarnos mamá, por favor.

-No se muevan de allí. Voy a llamar a Grimaldi para que vaya por ustedes. El se encargará de avisar a las autoridades. Por si acaso, no le digan a la policía que se han contactado conmigo. ¿Escuchaste bien Alicia? De eso depende que nos volvamos a reunir.

-Sí, mamá. No te preocupes. Vamos a esperar aquí a que nos venga a buscar Grimaldi, mintió.

Cuando cortó, Florencia la estaba esperando con la puerta entreabierta. Salieron sin hacer ruido y sin mirar atrás. En las inmediaciones tomaron un ómnibus y regresaron a la casa, pero Elena ya no estaba allí. Encima de la mesa del comedor encontraron la nota que decía: "En la caja fuerte que está en mi cuarto encontrarán una carta sellada que deberán entregar intacta a mi padre. Adiós, Mamá".

La insistencia de Grimaldi no habría de caer en saco roto. Aunque en aquella ocasión no había podido impedir que el médico forense firmara el acta de defunción como suicidio, la desaparición de Elena y las niñas ameritaba urgentemente una investigación y él no estaba dispuesto a quedarse cruzado de brazos.

Las gemelas sonrieron al mismo tiempo, como impulsadas por un único resorte. Habían pasado casi cinco días desde que las autoridades las descubrieran, en completo estado de consternación, caminando sin rumbo fijo en las inmediaciones de una finca abandonada en Alta Vista, paraje rural ubicado en la provincia de Buenos Aires. Según declararon ambas, habían sido secuestradas por su propia madre bajo amenaza de muerte. Una de ellas había logrado liberarse gracias a que Elena se había quedado dormida y una de ellas pudo robarle el arma con la que las había amenazado.

Después vinieron los interrogatorios, las pesquisas. En el cuarto de Elena hallaron un diario, al parecer escrito por ella, en la que se detallaban los pormenores del asesinato de Arturo Lazzari, pero ningún experto en grafología pudo determinar si la letra de Elena Ferry y la del diario hallado en la caja fuerte pertenecían a la misma persona. Sin embargo, tras las declaraciones de sus hijas y no habiendo encontrado rastro alguno de su paradero, se le acusó de asesinato *in absentia* y se emitió una orden de arresto en su contra. Grimaldi había empezado entonces a sospechar que las gemelas ocultaban algo. No le cuadraba el hecho de que la madre, quien lo había llamado pidiéndole que fuera a buscar a sus hijas al despacho de Arturo la noche del incidente, hubiese podido tramar su secuestro a punta de pistola. Sabía que Elena era capaz de las acciones más abyectas, menos la de poner en peligro la vida de sus hijas. Pensó en intervenir, pero más tarde decidió que lo mejor sería tramitar el traslado de las gemelas a su abuelo materno y deshacerse de su compromiso como tutor de los bienes que Arturo les había heredado.

A las cinco y media de la mañana, apenas aclarando, compareció en la seccional número 10 una mujer mayor, de rasgos finos y vestida con ropa elegante aunque descuidada, confesando ser Elena Ferry, por quince años fugitiva de la justicia. Ya casi nadie se acordaba de ella, y hubiese seguido siendo así de no ser por la noticia del suicidio de Alicia Lazzari que habría de rescatarla del olvido culpándola de una nueva desgracia en la familia.

Cuando Florencia se reencontró con su madre en el juzgado, no quiso siquiera acercarse a saludarla. Se limitó a entregarle a su abogado el sobre sellado que ésta había dejado sobre la mesa del comedor la noche en que se fue y, al darse media vuelta, hizo un gesto de adiós con la mano.

Chiquilinas

-Arrancándole viruta al tiempo, ¿eh? Che Marisa, quién diría, toda desgreñada, vieja y desdentada, viendo pasar las horas frente al mar. Si alguna vez soñaste este futuro, no fue queriendo llegar a este estado, tan pizpireta como eras, siempre emperifollada, recogiendo piropos en todas las esquinas. Mi destino fue algo distinto, sí. Soltera, sin familia...quiero decir sin hijos. Pero miren de qué han servido los hijos, para hacer nietos nada más, esos que solo existen en la memoria porque te olvidan, aún cuando el olvido no ha empezado a socavar la memoria.

Semblante cabizbajo.

-No me altero para nada. Esa serás vos , porque yo estoy de lo más contenta en esta visha... ¿le llaman *visha*, ¿no?

-Estás cada vez más chocha, abuelita. No se dice "visha" sino "viya", y además esto *no* es una villa sino un centro de rehabilitación.

-¿Y qué tenemos que rehabilitar, vos boluda?

Mirada inquisidora.

-Todo lo contrario. Cada día cuando me levanto pienso en el poquito de memoria que voy a perder por este puto Alzheimer que me está consumiendo el cerebro.... me aferro y me aferro con fuerza para no soltar esas imágenes que tanto me alegra recordar.

Sonrisa forzada.

-¡Uy qué funesta te has puesto!, sombría... y vos, dejá de pisarme la toalla, haceme el favor, me vas a arrancar la bata y ¡qué vergüenza a esta edad quedarme así en pelotas !

Bien abierta la boca.

-Capaz que tenés miedo que algún galán que pase por acá se quede deslumbrado mirándote, ¿eh?
Ojos saltones.

-¿Qué pasó con el censo? ¿Ya lo rellenaron?

-Casi se me cayó la copa de la mano, vos sonsa.
Seño fruncido.

-Ya no se hacen más censos por correo electrónico. Te estás confundiendo otra vez. Ahora te vienen a leer este chip que tenés en el brazo.
Cogote alzado.

-¿Cuánto hace que nadie rellena nada?
-¡Ay, déjense de hablar pavadas y miren esa gaviota! Hace rato que intenta recoger el pan que le tiré al agua y no puede. Tiene una patita tullida, creo. Andá, sé buenita Nena, andá a recogerle el pan y dáselo en el pico.
Mueca suplicante.

-¡Ah!, querés que me ahogue, ¿no? Además, ponete los lentes, ¡aquí no hay mar ni arena ni gaviotas! Todo está en tu cabeza afiebrada.
Boca fruncida.

-No se peleen, chiquilinas, reaccionó tardíamente Juana, sus manos huesudas y flacas tamborileando sobre la mesa.
Pan que cae de la boca, servilleta al piso.

-Este paisaje vale la pena ver. Sí, sí...se me juntaron los cables y me olvidé que ya no se llenan más formularios ni se pagan cuentas a crédito ni al contado...
Cejas que se juntan.

-Así es, espetó la otra, todo está en la endiablada ficha ahora y desde que nacés empiezan a endeudarte. Te van sacando todo, que ironía, acariciándote la muñeca.
Movimiento de cabeza hacia un lado y hacia otro.

-A mí me la pusieron acá debajo, miren, porque como tuve un accidente y me rompí los dos brazos, hacia cortocircuito con los tornillos, jajajaaaa...

-¿Qué tornillos, boba?, dijo la otra, si te amputaron los brazos por la diabetes, ¿no te acordás?
Dos lagrimones tibios rodaron mejilla abajo.

-Y sí, ya me va quedando menos cuerpo, pero yo igual los siento y hasta los muevo, ¡miren! ¡miren! Y todas juntas miraron...

En el horizonte, una franja picuda y anaranjada avanzaba punzante como una amenaza. Las amigas, la vista fija al frente, callaron ante ese espectáculo soñado porque al caer la tarde siempre cerraban las cortinas y no querían que al entornar los párpados se esfumaran de pronto los colores.

Dafne

Pude haber seguido por el paseo de los cipreses bordeando la laguna donde se asoman los caimanes al quemar el sol, pero un rumor de hojas me tentaba desde el interior del bosque y me interné corriendo a campo traviesa, esquivando espinas y abejorros hasta llegar aquí.

Un aire tibio acariciaba los contornos y doblegaba débilmente los juncos de aquel sendero solitario. Todo allí era silencio. Nada, ni siquiera el trémulo rumor de mis pasos blandiendo la hojarasca podía alterar la extraña mudez del paisaje que me invadía con su murmullo indescifrable.

Quise hablar, pero entonces el silencio engulló mis palabras y su eco soterrado se clavó en mi garganta como un grito punzante. Miré a mi alrededor. Nada se movía. Quise correr, pero algo en mí se adensaba, haciendo que me pesaran los brazos y las piernas hasta dejarme sin fuerzas. Me aferré a la idea de volver sobre mis pasos, desandar el camino, pero entonces –no sé cómo pasó- me vi de espaldas, enraizada en la tierra, volviéndome verde y ocre hasta desaparecer…

El estanque

Desde luego que la familia Postiglione no había sido la única que poseía la fortuna suficiente como para mantener en inmaculado estado de conservación las casi cinco hectáreas de jardines que rodeaban, como un cinturón de esmeraldas, la vieja casona del Prado. Eladio, el anciano jardinero de la familia, había puesto mucho esmero en ello, como lo había hecho antes su padre y antes que él su abuelo quien había llegado en el mismo barco que el primer Postiglione a la entonces insignificante aldea del sur. No, no era la única familia, pero sí la más antigua en la zona y la que con mayor empeño se había rebelado a los embates del tiempo, a los cambios bruscos de la política partidista y sobre todo a las polillas, que amenazan con echar abajo casi un siglo de memorias felices y amargos desequilibrios de la fortuna.

El joven Arturo Postiglione solía deleitarse recorriendo aquellos senderos provistos de sombras intermitentes, aspirando el aire ácido de las amapolas que se mezclaban, sobre todo en primavera, con el aire salado del mar. Sin embargo, aquella costumbre otrora placentera, le resultaba en los últimos meses dolorosa, por razones misteriosas que ni él mismo lograba esclarecer. Ensimismado en aquellos pensamientos se puso a caminar observando de lejos la casa, presintiendo los movimientos pausados de su madre y los sigilosos pasos de su padre, cuando se topó de frente con Eladio.

-¿Cómo estuvo la visita?

-Bien, pero triste como era de esperar. Corté unas amapolas porque eran las que a ella más le gustaban.

-¿Mantienen limpio el lugar?

-Sí, claro. Papá ha hecho un trato con el encargado y lo mantienen todo en orden. A propósito, ¿no sabes si mis padres están en el comedor?

-No. Llevo un buen rato podando estos rosales y hace más de media hora que no entro a la casa.

Arturo continuó caminando y al llegar junto al estanque, se quedó pensando si sería buena idea entrar o si sería más prudente seguir allí, a resguardo de los interrogatorios. Al inclinarse para recoger una rosa que Eladio había dejado caer en su recorrido, le pareció percibir una presencia, una sombra que pasó muy de prisa detrás suyo, pero al buscarla con la mirada no halló nada más que el sendero de los rosales en donde había hablado con Eladio junto a la hilera de cipreses hacia donde ahora arrastraba su

carretilla el viejo jardinero. Estremecido, se llevó la rosa al pecho, apretántola con tanta fuerza que algunas gotas de sangre cayeron al estanque.

Entró en puntas de pie para no hacer ruido, pero no pudo rehuir la pregunta hostil que lo esperaba, como casi todos los días, desde el perfil presentido.

-¿Dónde has estado?

-Ahí.

-Ahí, ahí, como un tonto. Sólo se escuchan de tu parte monosílabos. De un tiempo a esta parte…

-Sabés que no puedo, no quiero…

-Tu madre tiene razón. No se puede ser tan insensible. Merecemos algo de consideración, ¿no te parece?

-El tiempo estaba bueno para recorrer el jardín…

-¿Es lo único que se te ocurre decir? Le he pedido a tu padre que mande agotar el estanque, sacar la fuente.
-Es posible…

-¿Es posible? Me lo has prometido. No seré capaz de salir más al jardín.

-Arturo se acercó a la ventana y recostó una mano en el borde del sillón donde estaba sentada su madre. Un hilo de luz le iluminó el perfil cubierto en lágrimas. La figura del padre brotó de la oscuridad y pasó a su lado mirándolo de reojo, como si estuviese a punto de hablar. Pero nada sucedió. En cambio Arturo le dijo en voz muy suave:

-Podría marcharme…podría, si ustedes quieren…

-Sabes que nunca te pediríamos eso, contestó el padre…

-Si tú prefieres, yo…

No pudo continuar porque la madre, adelantándose a sus palabras, le clavó las uñas en la herida y lo forzó a mirar hacia la ventana.

-Mírala, mírala, allí está como cada tarde…viene a buscarte.

-Hortensia, calla, no sabes lo que dices, dijo el padre.

Y Arturo no atinó a contestarle porque sabía, en el fondo sabía que su madre no estaba loca.